文字植物園：

植物詞語和用法

福爾摩斯新探案

文／林世仁
圖／卓昆峯　Mr. B
PiPi

出版說明

從純粹圖畫的閱讀跨進文字閱讀，是孩子學習語文的一個關鍵階段。作為父母或老師，確實有需要為孩子挑選合適的橋樑書，幫助他們接觸文字，喜歡文字。《字詞樂園》就是針對這個階段的學習需要而設計，有助孩子從繪本開始，循序漸進地接觸文字，順利過渡到文字閱讀。

透過輕鬆有趣的故事，可愛風趣的繪圖，引發閱讀文字的興趣，幫助孩子愉快學習。書內的導讀文章和語文遊戲，均由資深小學老師撰寫，有助父母或老師了解每本書的主題和學習重點，更有效地利用所提供的學習材料。

把文字的趣味與變化，融合在幽默的童話故事裏，先吸引孩子親近文字，喜歡文字，再通過主題式閱讀，增進語文知識，建立字形、字音、字義的基本認識，透過適量練習題的實踐，孩子可掌握字詞組合變化的原則，更可玩語文遊戲寓學於樂，培養語感及累積對文字的運用能力。

本系列將各種文字趣味融合起來，從字的形音義、字詞變化到句子結構，有效幫助開始接觸中文的孩子，一窺中文的妙趣，進而愛上閱讀，享受閱讀。

使用說明

《字詞樂園》系列共有七本書，每本書以不同的中文知識點為主題：

一、《英雄小野狼》－字的形音義：字形、字音、字義。

二、《信精靈》－字的化學變化：字詞組合。

三、《怪博士的神奇照相機》－字的排隊遊戲：字序及聯想字詞。

四、《巴巴國王變變變》－字的主題樂園：量詞、象聲詞及疊字。

五、《十二聲笑》－文字動物園：與動物有關的成語及慣用語（如斑馬線、牛皮紙、鴨舌帽等）。

六、《福爾摩斯新探案》－文字植物園：與植物有關的成語及慣用語（如雪花、花燈等），以植物的外表和性情形容人的表達方式。

七、《小巫婆的心情夾心糖》－字的心情：表達情緒的詞語，分辨情緒字眼的強弱程度。

目錄

目錄列出書內每個故事最關鍵的語文知識重點。父母或老師可因應學習需要為孩子挑選故事，也可以讓孩子隨着興趣選讀故事，再引導他們學習相關知識。

練習題及親子活動

每個故事後有相關的練習題和親子活動，幫助孩子複習學過的內容，也提供機會給家長與孩子一起玩親子遊戲。

目錄

文字植物園：植物詞語和用法

福爾摩斯新探案

福爾摩斯新探案

（Mr. B繪）

香江寶島發生了大竊案！

福爾摩斯立刻坐着時光機，前來辦案。

被偷的是卓蘭鎮價值百萬的極品蘭花。小偷不但在現場留下名字——植物大盜，還留下一封信。

「哼，又是植物大盜！」警察卓布道拿起信，皺起眉頭。

「他太囂張了，每次都留下線索，暗示我們下次犯案的時間、地點和要偷的東西。可惜我們每次都猜不出、捉不到！」

「放心，這次有我呢！」福爾摩斯接過信，抽出信紙，看見兩個字：「臘月」。

「臘月？一月到十二月，哪來的臘月？」福爾摩斯想了想，抽了一口雪茄。「哈，我知道了！植物大盜是外星人。」

「不不，臘指蠟梅，臘月是指十二月。」卓布道說：「我們的老祖宗喜歡用植物來替月份取名字。例如二月是杏月，三月是桃月……」

「哈，」福爾摩斯一拍手：「我知道了！他想在十二月再偷一次。」他翻過信紙，發現背後還有字，而且寫得密密麻麻：

土瓜灣 荔枝角 油麻地 葵涌 蒲台 榕樹灣 青楊路
竹篙灣 茶果嶺 梅窩 荔景 黃竹坑 紅棉路 浪茄灣 海棠路 葵盛
蕉坑 芝麻灣 小欖 棉花徑 杏花邨 梨木樹 荔枝窩 黃麻角 梧桐寨
大欖 葵興 花墟 洋松街 竹園

「偷竊清單！」福爾摩斯搖搖頭：「想不到他想偷這麼多植物？」

「不不，」卓布道也跟着搖頭：「這些不是植物，是跟植物有關的香港地名。」

「地名？」福爾摩斯又抽了一口雪茄：「哈，植物大盜在跟我們玩猜謎！他會在這些地方中，挑一個下手。」

哪一個呢？

福爾摩斯開始用猜謎法、密碼法、加減乘除法、比較文學

法、相對論、酸鹼值……反覆研究，找出三十八種可能。

「我說啊……」

「等一等，」卓布道對照信封背面的郵址，忽然說：「植物大盜怎麼漏掉了一個地方——金鐘？」

「哈！」福爾摩斯一拍手：「原來是用『消去法』！把不去的地方都列出來。他真正想去的地方是金鐘！」

「金鐘，十二月。那他想偷甚麼植物？」

福爾摩斯把信封翻過來、翻過去，用火烤，用水浸……卻沒看到任何線索。「怪怪，植物大盜這次居然忘了寫要偷的東西。」

福爾摩斯搖搖頭：「沒關係，我一樣有辦法。快，給我所有的植物名單！」卓布道立刻從電腦上下載了一堆名單。

「羊蹄甲、豬腸豆、鳳凰木、象牙花、貓兒臉……」

福爾摩斯皺起眉頭：「咦，我要植物名單，怎麼給我動物名單？」

「不，這些都是植物。」

「植物？」福爾摩斯眼睛亮了起來，「……白蝶蘭、龍眼、白千層、水仙、仙人掌。哇，太有趣了，還有沒有？」

「有啊！」卓布道又印了幾張資料：「滿天星、海帶、花燭、千里光、吊鐘……這些都是植物。怎麼，植物大盜想偷它們？」

「不，」福爾摩斯吸了一口雪茄：「是我自己想要。我想把它們都種在我的花園裏。哈，真有趣，光看名字根本不知道是植物呢！」

「植物大盜……」卓布道提醒他。

「呃，植物大盜！對，植物大盜……」福爾摩斯又開始用猜謎法、密碼法、加減乘除法、比較文學法……

「啊，我知道了！」卓布道大叫一聲：「他要偷的是世界上第一朵複製金鐘花！這個新品種正在金鐘展出。」

警察立刻趕到金鐘，果然抓到了植物大盜。

「咦，你怎麼知道他要偷的是金鐘花？」福爾摩斯好奇的問。

「因為他留下了線索啊！」卓布道眨眨眼。

「線索？哪裏有？」

「有——」卓布道微微笑：「金鐘——是地名，也是植物名。大盜清單上的植物名和地方都是帶「木」帶「草」的。只有「金鐘」不同。所以大盜標出地方，也標出了植物。」

「哇，太聰明了！」福爾摩斯好佩服：「請問……你是用甚麼法？交叉比對法？還是……」

「我也不知道。」第一次捉到小偷的卓布道笑笑說：「對了，忘了告訴你，我改名字了。從今天開始，我叫——卓得道！」

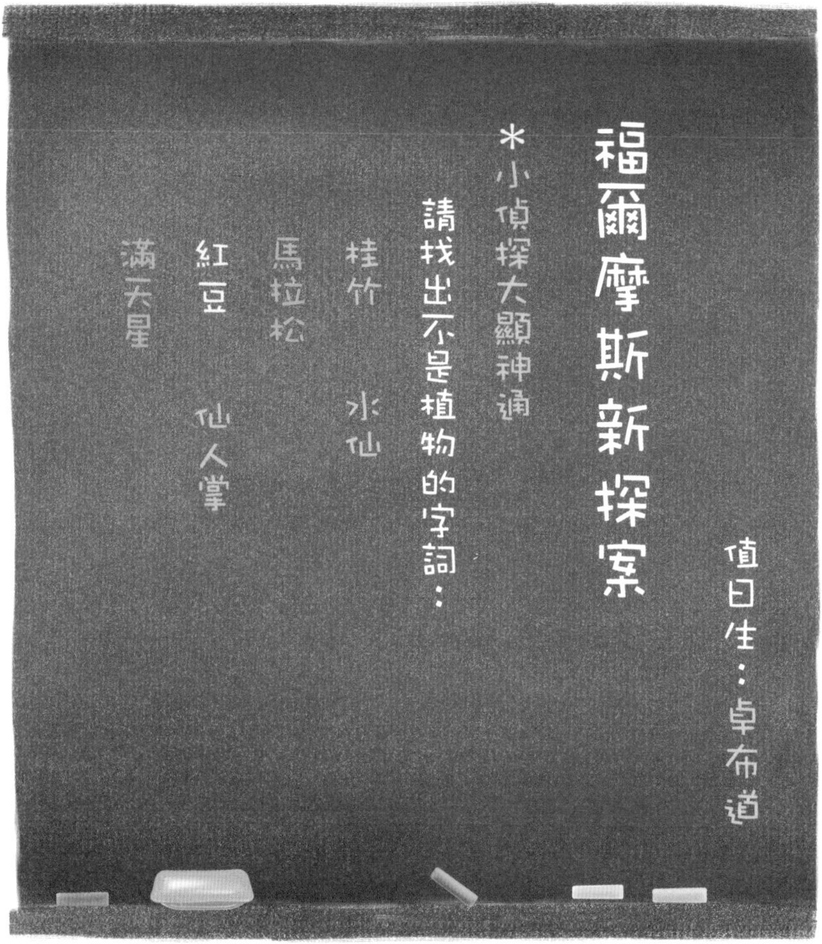
值日生：卓布道
福爾摩斯新探案
*小偵探大顯神通
請找出不是植物的字詞：
桂竹 水仙
馬拉松
紅豆 仙人掌
滿天星

答案：馬拉松

植物俗語

小浮萍與世界爺

（卓昆峯繪）

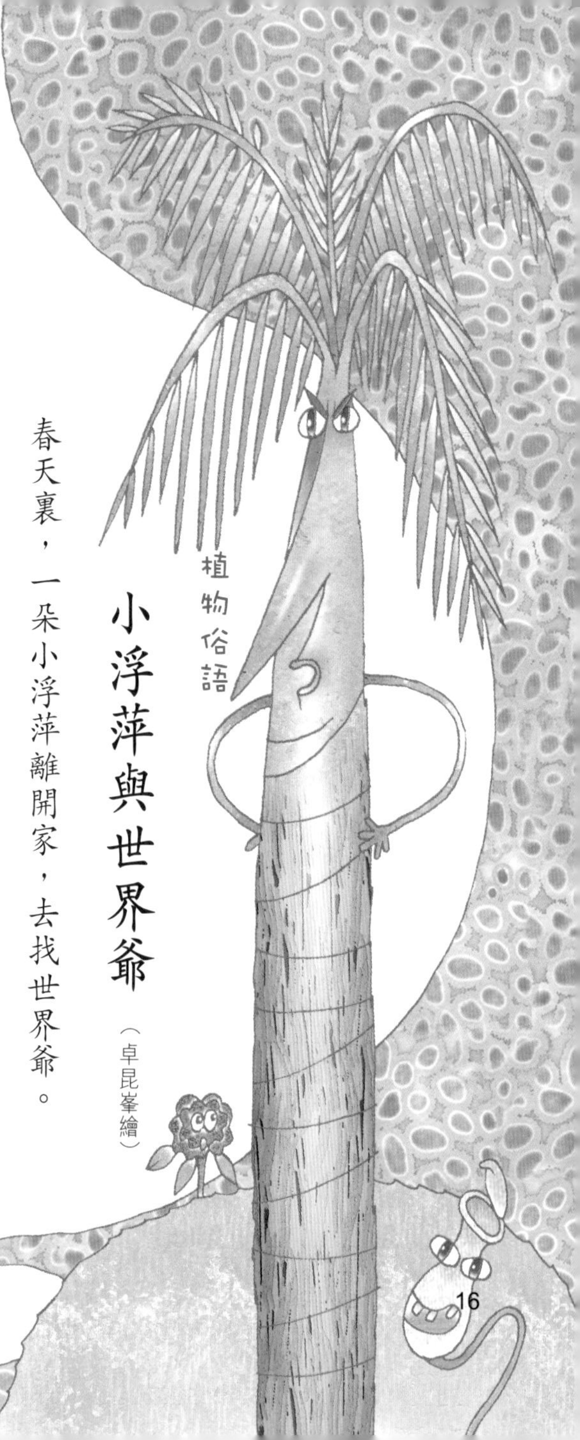

春天裏，一朵小浮萍離開家，去找世界爺。

「有沒有搞錯？」大王椰子說：「世界爺是世界上最高大的植物呢！」

「對啊，而在會開花的植物中，最小的……」豬籠草的眉毛差點打結：「就是浮萍。」

「小浮萍去找世界爺幹甚麼？」雞冠花問：「不怕自卑嗎？」

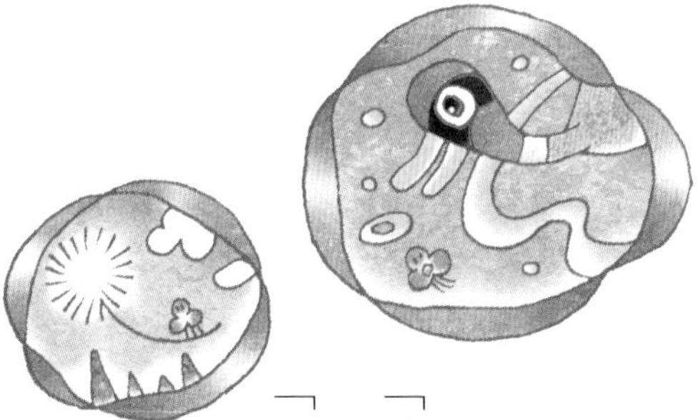

「誰知道他葫蘆裏賣的甚麼藥？」馬纓丹說：

「世界爺住那麼遠，傻瓜才會想去找他。」

「噯，青菜蘿蔔，各有所愛。小浮萍愛去自討苦吃，誰管得着？」玫瑰說。

「一枝草一點露，老天會保佑小浮萍的。」幸運草小聲說。

遠遠的，小浮萍順着小溪，越過了好幾座山。

「你猜，世界爺會不會接見小浮萍？」雞冠花問。

「小浮萍算老幾？」大王椰子哼了一聲：「世界爺會理他？

門都沒有！」

「你們不要吃不到葡萄說葡萄酸！」

幸運草說：「小浮萍一定會成功的。」

「小夥子，你懂甚麼？」豬籠草說：「你沒聽過薑是老的辣？我們說的絕不會錯！」

「對，我們……」玫瑰剛開口，就被小玫瑰打斷：「媽媽，我身上一定要長刺嗎？」

「真囉嗦！」玫瑰一下忘了自己要說甚麼，氣得罵小玫瑰：「媽媽長得甚麼樣，你依樣畫葫蘆就

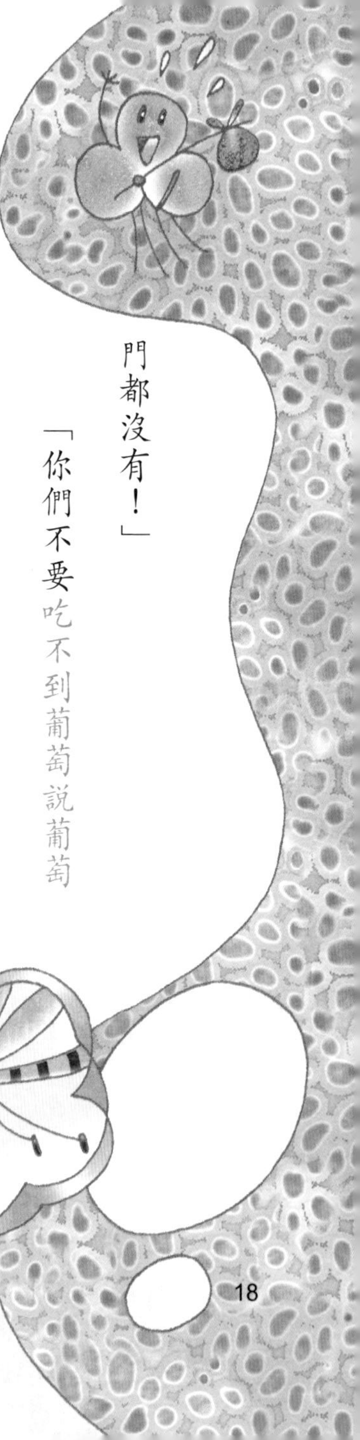

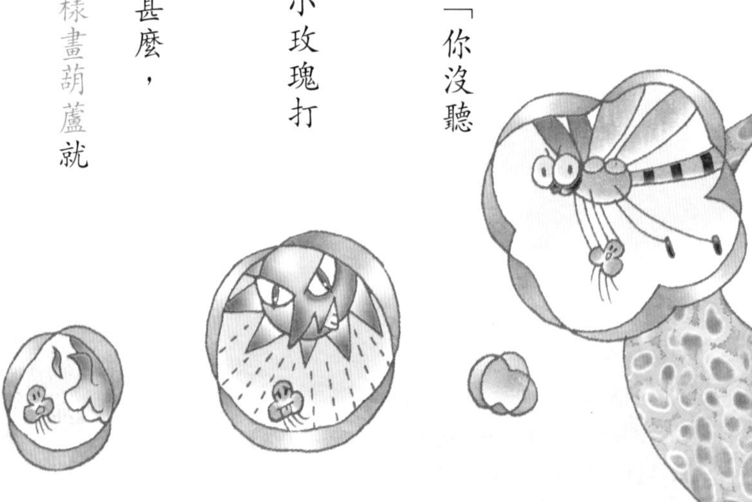

對了，問甚麼問！」

遠遠的，小浮萍順着大河，流進了大海。

「小浮萍怎麼這麼久還沒回來？」幸運草擔心的問。

「還用問？不是迷路了，」馬纓丹說：「就是沒臉回來！」

「世界爺離這裏十萬八千里遠，他想走到？哼，除非鐵樹開花。」雞冠花說。

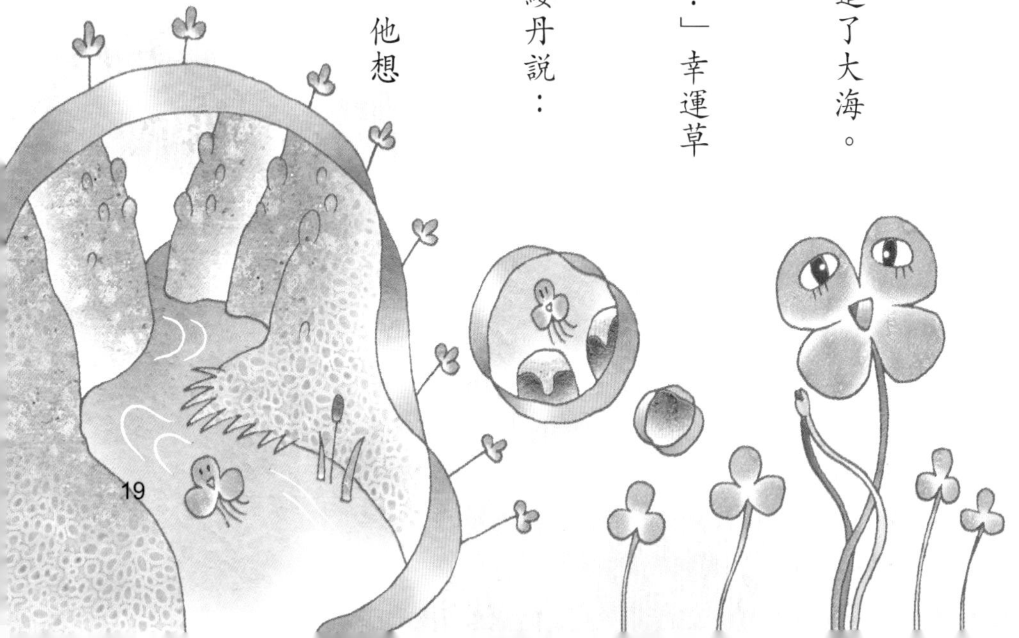

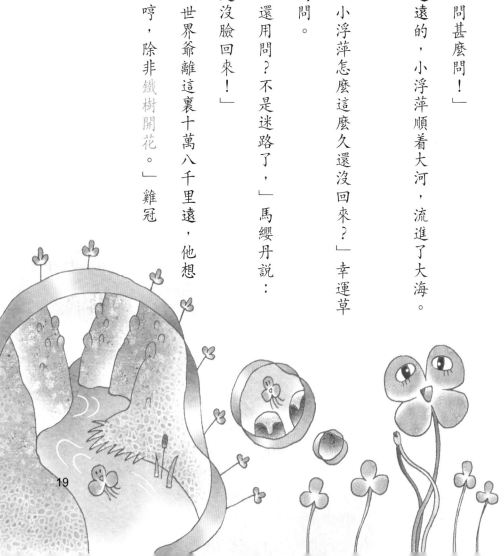

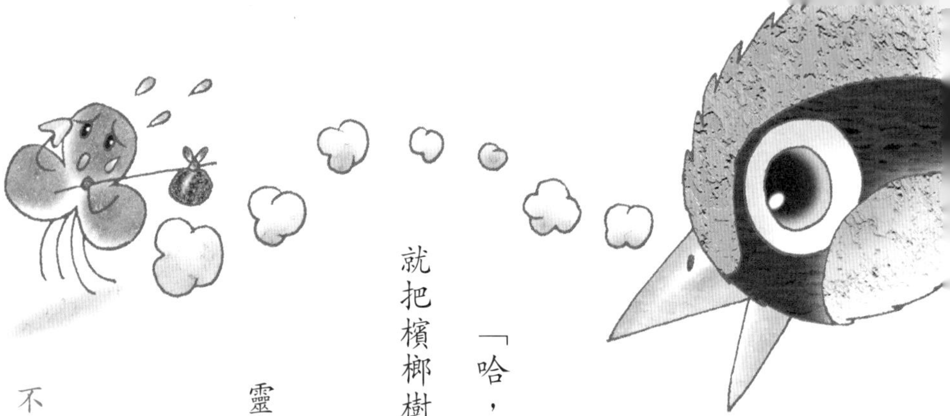

注：「瓠仔」是「葫蘆」。

「不是我老王賣瓜，自賣自誇，這座山就數我最高大。」大王椰子說：「小浮萍想看巨人何必捨近求遠？」

「哈，說不定小浮萍『眼睛花花，瓠仔看作菜瓜』，半路上就把檳榔樹看成了世界爺，哈哈哈！」豬籠草大笑。

遠遠的，小浮萍乘着浪花到了海的另一邊，一隻百靈鳥載他飛上山。

「我看啊，小浮萍現在一定後悔死了！」雞冠花說。

大王椰子搖搖頭。「唉，人都會犯錯，哪有吃燒餅不掉芝麻的？」

「所以嘍，我們心裏一旦有甚麼瘋狂的點子，一定要快刀斬亂麻，立刻拋掉它！」豬籠草說。

「對！不然，像小浮萍……唉，太不值得了！」馬纓丹說。

幸運草沒說話，他在幫小浮萍祈禱。

遠遠的，小浮萍和世界爺站在山坡上，一塊兒吹晚風、看夕陽。

「你真的好高大喔！」小浮萍說：「跟傳說中的一模一樣。真高興認識你！」

「小浮萍，我也很高興認識你！」世界爺笑一笑：「不過，你大老遠主動跑來看我，我們可不算『萍水相逢』喔，呵呵呵！」

小浮萍與世界爺

值日生：小浮萍

＊世界植物大觀

你認識小浮萍和世界爺嗎？
讓我們一起來看看他們的小檔案：

＊世界爺：又叫做紅杉，是世界上最高的樹，
可以長到一百多公尺，住在美洲、
歐洲和東亞地區。

＊小浮萍：故事裏的小浮萍是無根浮萍，
它是開花植物中最小的，只有零點三公厘
那麼大，住在全世界各個角落。

植物要搬家

（卓昆峯繪）

天空上，東方區，天庭部，編號第三〇三號的辦公室，一大早就傳來「叩叩叩！」的敲門聲。正在埋首創造織女星文字的倉頡，只好放下五彩筆，去開門。

門一開，立刻湧進一羣植物。

「倉頡，我們要你幫忙！」

「幫忙？幫甚麼忙？」倉頡一頭霧水。

「把我們從人的字典裏刪掉！」帶頭的樹說。

「對，人有『物種歧視』，不尊重我們。我們不想跟人住在一起了！」花和草齊聲說。

「我們要集體搬家！太陽系最近發現了第十顆行星，我們要搬去那裏。」小竹筍往外一指。果然，門外的白雲上，停着一架超大的太空船，上頭寫着大大的字：永別地球不再回頭號。

「等等，」倉頡這下明白了，事情

好像還挺嚴重的呢。「你們為甚麼說人不尊重你們？」

「哼，人太壞了！老愛把壞事情賴到我們頭上。」槐樹說：「人不敢指名道姓罵別人，卻愛指桑罵槐。」

「人自己不謙虛，倒楣了，卻怪說樹大招風。」榕樹說。

「對嘛！人自己做壞事遭到報應，卻要說自食其果。真是吃果子不拜樹頭！」芒果樹氣得臉紅紅。

哇，每棵樹都好生氣！

倉頡連忙幫大家消氣：「可是，人也會說樹的好話啊！例如，文章、書法寫得好，就說入木三分；讚美人風采迷人就說玉樹臨風；老師教學生，更是百年樹人的偉大工作呢。」

哦？是這樣嗎？

草不服氣：「那人幹麼要殺得我們寸草不留、斬草除根？一打仗動不動就草木皆兵？做事馬虎就說是草草了事？」

「對對對！」花也抗議：「人最愛移花接木，把錯都推給我們，又說哄騙人的話是花言巧語，又誣賴我們花天酒地！」

「人對花草也很好啊。」倉頡趕緊翻開成語辭典：「看！鶯飛草長、疾風知勁草，這都是好話喔……讚美好女孩，就說蕙質蘭心；

會說話的人是舌燦蓮花；事情有了轉機是柳暗花明；花前月下是最浪漫的地方。其他還有春暖花開、花團錦簇等好話呢！」

咦，好像還不壞嘛。

小竹筍說：「哼，人就只會砍竹子！連事情進展得很順利，也要說是勢如破竹。」

「不不，人很喜歡竹子呢！做事心裏有把握是胸有成竹；從小一起長大的好朋友是青梅竹馬。」

哦？原來人並不討厭竹子。

倉頡對大家說：「其實啊，人是太喜歡你們了，才會甚麼事

情都想到你們。」

「真的？」

「當然嘍！」倉頡點點頭：「不然，為甚麼好朋友要說是金蘭之交？讚美人能堅持、有骨氣是松柏後凋？還用瓜瓞綿綿來祝福人多子多孫呢？」

哎呀，原來我們錯怪人了！植物有些不好意思，他們都想回去地球。（不然人多寂寞啊！）

「可是……」小竹筍指指外面：「太空船的名字怎麼辦？」

對啊，怎麼辦？字都寫上去了。

「沒問題！看我的。」倉頡走過去，大筆一揮，加了兩個標點符號。植物一看，太空船的名字變成了——

永別地球？不！回頭號

倉頡說：「好了，你們先去第十號行星玩一玩吧。玩完了，記得要回地球喔！」

「是！遵命。」

所有植物都高興得跳起來。

植物要搬家

值日生：小竹筍

*看植物學成語

一、瓜類成語：瓜熟蒂落、瓜瓞綿綿

二、竹類成語：胸有成竹、青梅竹馬

三、樹類成語：樹大招風、玉樹臨風

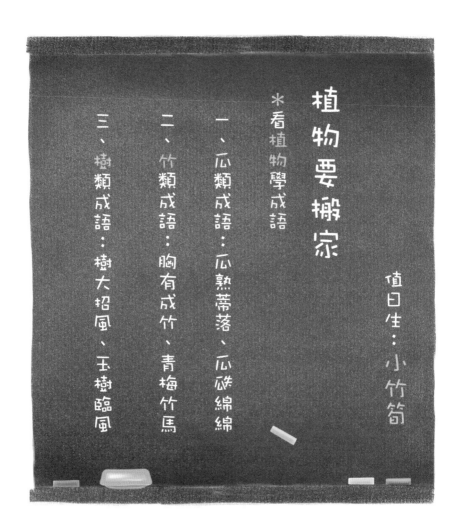

沙漠裏的春天

（Mr. B 繪）

八月桂花香，有多香？月亮最清楚。

每年八月十五日，月亮上的桂花樹（沒錯，就是吳剛一直砍不倒的那棵樹）就開滿了花。月亮一聞到花香，就在天空上笑得好圓好亮。

沾滿桂花香的月亮光，從東照到西，灑下微笑的光芒。

月亮走啊走，照啊照，照到沙漠，微笑的臉忽然僵住了。

「唉……這裏真可憐，沒有花，也沒有春天。」

月光下，有一個小黑影開着車走進沙漠，車上載滿了小樹苗。

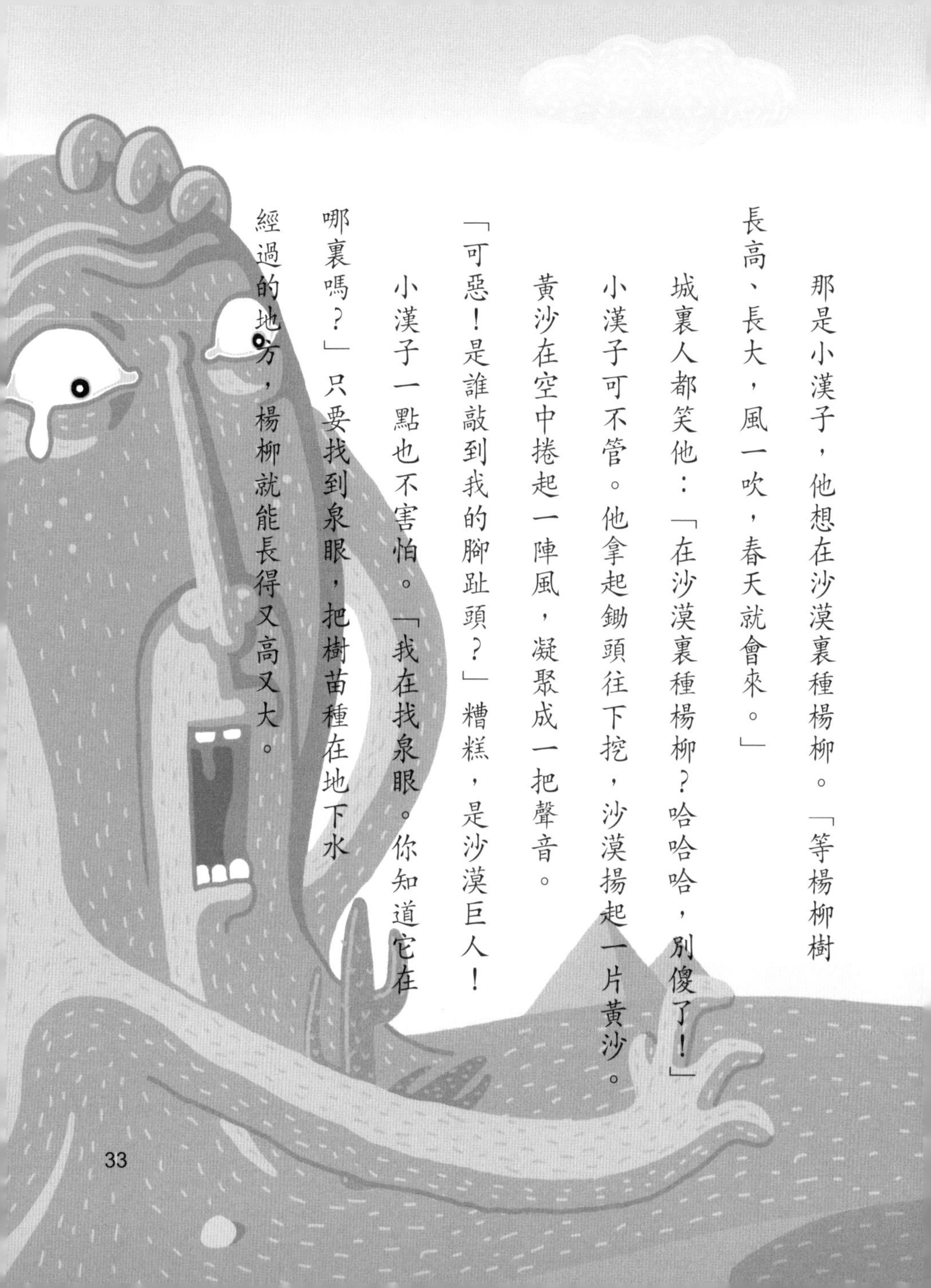

那是小漢子，他想在沙漠裏種楊柳。「等楊柳樹長高、長大，風一吹，春天就會來。」

城裏人都笑他：「在沙漠裏種楊柳？哈哈哈，別傻了！」

小漢子可不管。他拿起鋤頭往下挖，沙漠揚起一片黃沙。

黃沙在空中捲起一陣風，凝聚成一把聲音。

「可惡！是誰敲到我的腳趾頭？」糟糕，是沙漠巨人！

小漢子一點也不害怕。「我在找泉眼。你知道它在哪裏嗎？」只要找到泉眼，把樹苗種在地下水經過的地方，楊柳就能長得又高又大。

「泉眼？」可怕的聲音大笑起來：「我知道也不告訴你。」

「那我只好自己找嘍。」小漢子舉起鋤頭繼續挖，東挖挖，西挖挖。

「哎喲，你敲到我的膝蓋啦！」

「哇，我的腰！」

「停停停——嗚，我的耳朵！」

沙漠巨人趕緊現身。他一邊揉着左邊耳朵一邊說：

「好好，算我怕了你。」

「這樣吧，我們來猜謎。」

沙漠巨人又揉揉右邊

耳朵：「如果你猜中我的謎語，我就告訴你泉眼在哪裏。」

「好啊！」

沙漠巨人說：「聽好了，第一題，佛手。第二題，白天不芬芳。第三題，五十加五十。各猜一種花名。」

小漢子想了半天想不出來。

「哈哈，不會吧？」沙漠巨人鬆了一口氣：「你輸了，快回去。」

「等一等，」小漢子說：「我忘了把我的頭腦拿出來，當然沒法猜。」

小漢子從車上拿出一個長方形的黑

＊注：普通話中「梅花」和「沒花」同音；「草莓」和「草沒」同音；「楊梅」和「羊沒」同音。

盒子，打開，按下開關。

「這是甚麼？」沙漠巨人問。

「我的頭腦啊——我叫它電腦。」小漢子連上網絡，開始搜尋謎語。

「有了！聽好喔……」小漢子說：「佛手——仙人掌，白天不芬芳——夜來香，五十加五十——百合花。怎麼樣？可以告訴我泉眼在哪裏了吧？」

「不算不算，」沙漠巨人想耍賴：「換你出題，我猜不出來才算。」

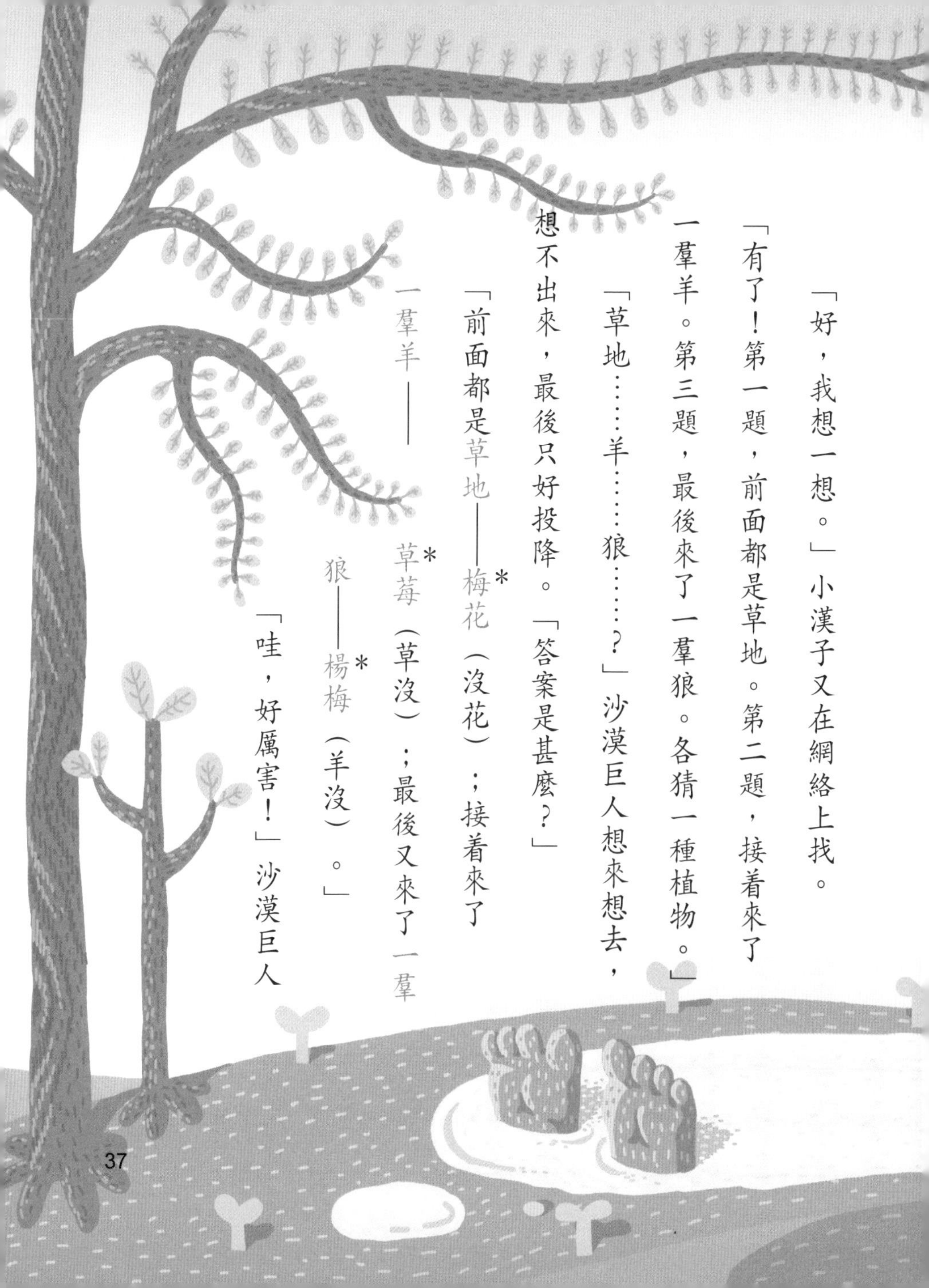

「好，我想一想。」小漢子又在網絡上找。

「有了！第一題，前面都是草地。第二題，接着來了一羣羊。第三題，最後來了一羣狼。各猜一種植物。」

「草地……羊……狼……？」沙漠巨人想來想去，想不出來，最後只好投降。「答案是甚麼？」

「前面都是草地——*梅花（沒花）；接着來了一羣羊——*草莓（草沒）；最後又來了一羣狼——*楊梅（羊沒）。」

「哇，好厲害！」沙漠巨人

看着電腦，又害怕又羨慕：如果我也有這麼棒的頭腦就好了！

沙漠巨人指出泉眼的位置。小漢子高高興興的種下一排柳樹苗。

一個月、兩個月……好幾個月過去了。

楊柳長得又高又大，細細長長的枝條綠油油。風一吹，春天就來了。

春天裏，沒有桂花香，月亮在天空上，一樣

笑得好開心。

沙漠裏的春天

值日生：小漢子

*植物猜謎大挑戰

一、二小二小，頭上長草

二、楓樹無風，旁邊坐個老公公

三、看着像呆不是呆，一個口字掉下來

答案：蒜、松、杏

植物桃花源

（卓昆峯繪）

有一個樵夫上山砍柴，在小溪邊洗臉，一不小心，斧頭掉進水裏，被溪水沖走了。樵夫慌忙追着溪水，想撿回斧頭，沒想到腳底一滑，「撲通！」一聲，也掉進溪裏。

小溪彎彎曲曲，繞過山谷，轉過山壁，嘩啦啦流進一道夾縫裏。樵夫浮浮沈沈，吃了好幾口水……也不知道過了多久，上頭忽然灑下一片亮光，水流變緩。樵夫鑽出水面，爬上岸，一邊喘氣一邊睜大了眼睛。哇，好漂亮的地方啊！滿山都是桃花，天空藍得好像剛剛擦過，風吹過來，清涼涼，有春天的味道。

「客人好！」一株迎客松走過來。樵夫嚇了一跳。一棵會說話的松樹？

「歡迎光臨！」滿山的桃花忽然唱起歌，跳起舞。

樵夫驚訝的站起來，又蹲下去，「哎喲！」他的左腳骨折了。

「我來幫你。」接骨木立刻過來，「喀啦啦」幫他接好骨。哇！植物這麼厲害？樵夫抬頭看，一朵太陽花在天空上對他眨眨眼，散發出光和熱。

天啊，這是甚麼地方？怎麼植物個個會動、會說話？

迎客松順着樵夫的目光，看看

天空。「噢，到了夜晚，就換星辰花在天空上值班。」

「喵！我們不應該幫他。」貓臉花走過來。「他是人呢，喵！」

蛇木也爬過來：「對，要不要我咬他一口？」

「阿彌陀佛！」觀音竹雙手合十，「遠來是客，而且，他看起來不像壞人。」

「對對，我不是壞人。」樵夫趕緊點頭。

「吱喳喳！村長要見他。」雀榕飛過來報告。

拖鞋蘭一鞠躬，蹲下來：「請穿拖鞋。」樵夫嚇一跳，他哪好意思踩在他們身上？「沒關係，」拖鞋蘭說：「我們是大力士！連大象也扛得動。」

樵夫穿上拖鞋蘭，哇，果然不用走，兩隻腳就自動動了起來。

「走，去找村長。」旅人蕉在前頭帶路。

一路上，植物都好奇的盯着樵夫，指指點點。

蝴蝶蘭飛來飛去：「看，那就是人呢！」飛燕草邊飛邊笑：「哈哈，長得好好笑喔！」

「叭叭叭！」

到了到了！」喇叭花大聲說。

一株老人參微笑的站在前頭，看着樵夫。

「餓了嗎？」他打了個手勢，牛奶榕立刻倒出一杯牛奶，麪包樹從身上摘下幾片麪包，雞蛋花也「捐獻」了幾個雞蛋。老人參耐心等着樵夫吃完。「吃飽了？」

「嗯。」樵夫擦擦嘴。

「那你可以回去了。」

甚麼？村長召見他，不是歡迎他，是想趕他走？

樵夫不明白。

「你不能留在這裏。」老人參說：「事實上，我們的老祖宗

就是為了躲避人，才藏到這裏。你們的老祖宗發明了科學，趕跑了神話，又説我們不會動，造了花盆，想把我們關在盆子裏。我們的老祖宗不想過那種生活，於是躲到這裏。這一躲，就過了好幾千年。」

「可是……我想待在這裏。」樵夫好想看看這個新世界。

老人參搖搖頭：「我們已經是兩個不同的世界了——我只希望，你在你們的世界裏，能善待我們的同伴。」

老人參把斧頭還給樵夫。

鳳凰木張開翅膀，載着樵夫飛回溪邊……

陽光好舒服喔！

樵夫睜開眼睛。咦，我怎麼會在這裏？樵夫拍拍頭，想不起來。他坐起身，看見斧頭旁邊有一朵桃花。啊，好美！他拾起花，放在胸口，站起來，拍拍屁股，沒拿斧頭，下山了。

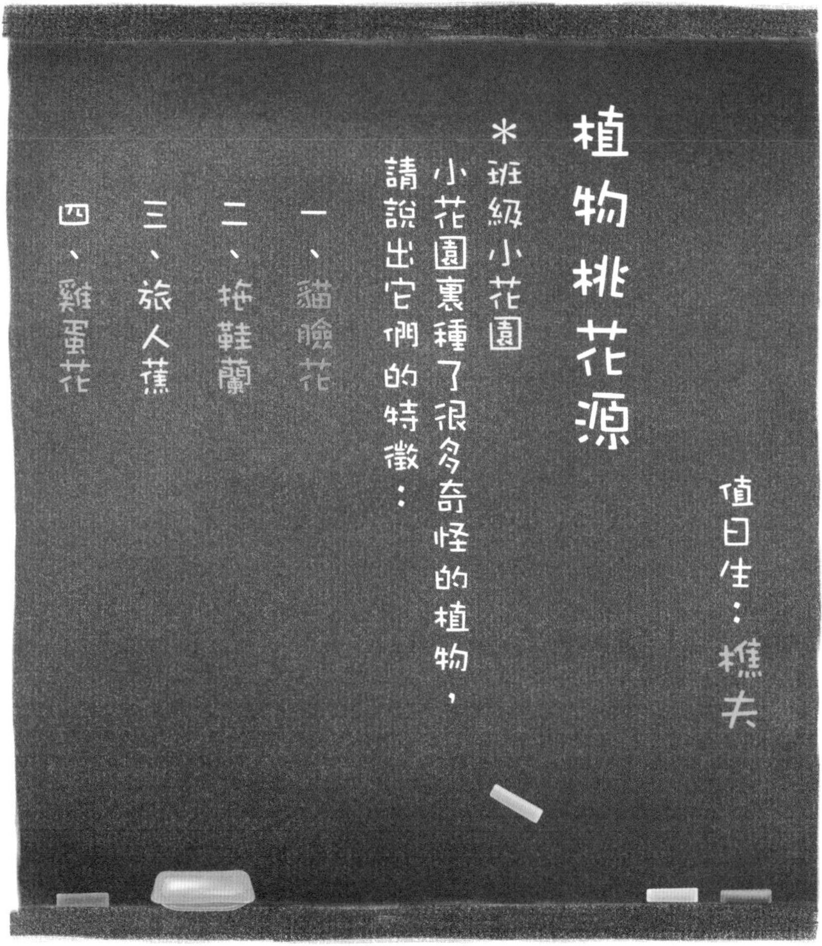
值日生：樵夫
植物桃花源
*班級小花園
小花園裏種了很多奇怪的植物，
請說出它們的特徵：
一、貓臉花
二、拖鞋蘭
三、旅人蕉
四、雞蛋花

盜仙草

（卓昆峯繪）

老婆婆生病了，她的女兒枇杷姊
和櫻桃妹問她想吃甚麼？
「我……想……想吃……仙草……」
老婆婆邊咳邊說。
唉，媽媽的病太重了！
只有仙草能救。
為了媽媽，兩姊妹決定上仙山，盜仙草。
到仙山的路可不好走，要先經過向日葵海、
葫蘆溪和白千層山。

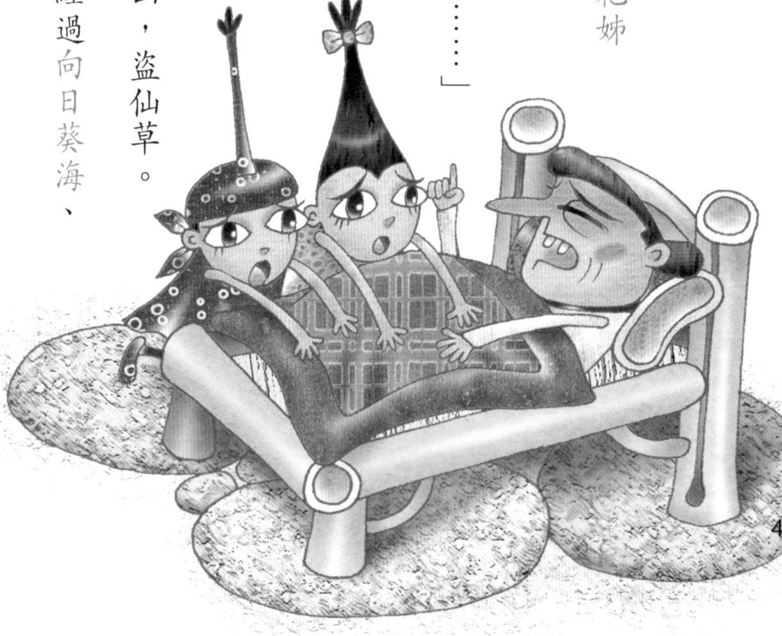

枇杷姊和櫻桃妹走到向日葵海，哇，海水是由向日葵花瓣組成的，漂漂蕩蕩，好美麗。

一位木頭人搖着香蕉船，靠在岸邊。

「木頭人，你可以載我們過海嗎？」

「你們是瓜子嗎？」木頭人問。

「只有瓜子才可以過向日葵海。葵瓜子、香瓜子、黑瓜子、白瓜子、五香瓜子、醬油瓜子……甚麼瓜子都行。」

枇杷姊趕緊點頭，說：「我是瓜子臉！」

櫻桃妹的臉圓圓胖胖，怎麼辦？

還好櫻桃妹很聰明。她說：
「我不是瓜子臉，但是我有腦袋瓜子！」

哦？這倒稀奇。木頭人一邊載兩人過海，一邊抓抓腦袋。他還是第一次遇見這麼奇怪的瓜子姊妹！

葫蘆溪的溪水又急又冰，想過溪，只有一座橋。可是橋頭站着三隻動物，他們大聲吵架，誰也不讓過。日本河童說櫻花最美，中國龍說梅花最美，印度牛說蓮花最美。他們要兩姊妹評一評，哪朵花最美？

枇杷姊拿起三朵花，聞一聞，笑一笑，她哪裏知道？

「三朵花都不美。」櫻桃妹說：「人比花嬌，此時此刻，我們姊妹花最美！」

日本河童、中國龍和印度牛聽了全都愣住了……然後，他們哈哈大笑，手牽手，大笑着踏上橋，走過溪。

兩姊妹趕緊跟着走過溪。

白千層山高又高，山壁又陡又直，根本爬不上去。怎麼辦？兩姊妹心亂如麻。

還好一位老樹精要上山，兩姊妹趕緊求他載一程。

老樹精說：「你們用『天花』造句，要三個句子，意思不能重複。想得出來，我就幫忙。」

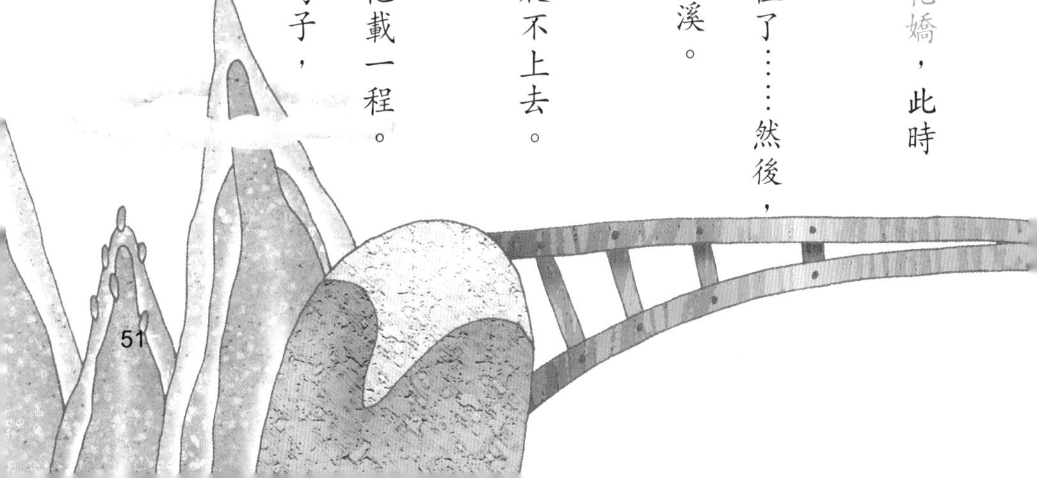

枇杷姊功課不好，想了半天才說：

「天女散花……」

「錯！」老樹精搖搖頭：「你們回去吧。」

櫻桃妹趕緊指着姊姊說：「她沒長天花。你說話天花亂墜。我們家有天花板。」

「咦？不錯嘛！」老樹精點點頭，露出笑容，載兩姊妹上山。

仙山上，鶴仙童和鹿仙童在看守仙草。

他們在互相猜謎。

鶴仙童說：「甚麼水果裏藏星星？甚麼水果裏藏帽子？」

鹿仙童說：「楊桃切開，看見星星；剝開柚子，做頂帽子。」

櫻桃妹躲在暗處，忽然開口問：「甚麼風，聲音大，吹來不會涼？甚麼蜻蜓會飛，不會吃東西？」

「我先猜！」「我先猜！」兩個仙童搶着猜，結果一題也沒猜對。

「你真是大草包，猜也猜不對！」鶴仙童罵鹿仙童。

「你才是傻瓜笨瓜大呆瓜！黃瓜西瓜大冬瓜！」鹿仙童也罵鶴仙童。

他們都搶着去搬救兵。一個去查謎語大全，一個去問南極仙翁。

兩姊妹趁機溜出來，摘仙草。櫻桃妹眨眨眼說：

「嘻嘻，麥克風聲音大，吹來不會涼。竹蜻蜓會飛，不會吃東西。」

兩姊妹帶着仙草，花了三天三夜，歷經千辛萬苦，才又回到家。

誰知道，她們一進門，就被老婆婆「噼哩啪啦！」痛罵一頓。

「臭丫頭，媽媽感冒你們還溜出去玩？買一碗仙草也要去這麼久？」老婆婆氣呼呼的說：「巷口不就有賣？一碗二十塊！」

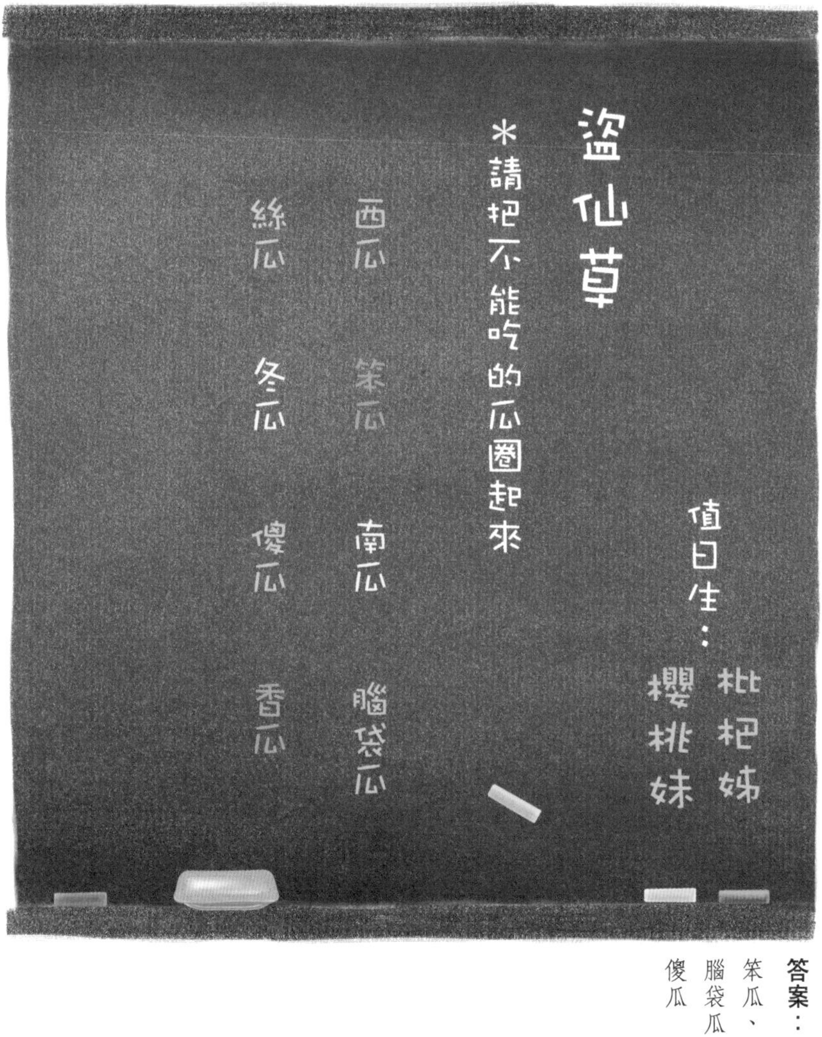
值日生：枇杷姊 櫻桃妹
盜仙草
*請把不能吃的瓜圈起來
西瓜
笨瓜
南瓜
腦袋瓜
絲瓜
冬瓜
傻瓜
香瓜

答案：笨瓜、腦袋瓜、傻瓜

不是花，但字面有「花」

花花公子的花花事件

（卓昆峯繪）

海芋是花，紫丁香是花，香水百合也是花，但是花花公子不是花。

花花公子不是花，心卻很花。

他愛亂花花錢，愛花天酒地，更愛用花言巧語去騙女生。報紙、週刊和電視的花邊新聞，天天都少不了他。被他騙過的女生一個接一個，都躲在家裏偷偷掉眼淚，哭花了臉。

有一天，花花公子到海邊玩。他一下海，浪花就把他打回岸上。不論他用蛙式、蝶式、自由式或仰式，浪花都把他推回岸上。花花公子只好放棄游泳，在沙灘上曬太陽。誰知道，浪花卻跑上來，濺了他一身濕。

花花公子回到餐廳，剛坐下，花瓶就掉下來，割破他的手。「奇怪，今天是怎麼回事？」怎麼東西都聯合起來欺負他？餐桌上的花椒忽然開口說：「哼，你太花心了！不但敗壞了花的名聲，也讓我們這些名字有『花』的丟臉。今天，我們要

聯合起來，給你一個教訓！」說完就跳上花花公子的鼻子，害他猛打噴嚏。

花花公子打開皮夾，花花綠綠的鈔票立刻被風吹走。

他跑上街，一抬頭，雪花立刻飄下來，把他凍成雪人。

他跑進巷子，發現花貓早就排好隊，「喵喵喵！」差點抓了他一臉花。

他跑到公園，馬上踢到花崗岩……

哇，這樣下去還得了？

花花公子嚇壞了！趕緊避開所有跟花字有關的東西。

花圃？不去。

花店？繞道。

花車？快閃。

花燈？不碰。

花茶？不喝。

花露水？不買。

花生？豆花？爆米花？統統不吃。

花轎？好險現代沒有人用！

花花公子眼觀四面，耳聽八方，一瞧見花童或是長天花、麻花臉的人，立刻躲開。

呼，一下午都平安無事。

花花公子暗暗有些得意。「哈，看你們還能玩甚麼花樣？」

遠遠的，一位少女花枝招展的走過來，花花公子忍不住又迎上前去……

「啪！」少女打了他一巴掌。

「你……你……也跟花有關？」

「當然！你沒看到我穿花襯衫？裙子花色這麼多？」少女眉頭

一揚：「人家我還是花樣年華，十八姑娘一枝花！」

一位老先生走過來，「啪！」也給了他一巴掌。

「你幹麼打我？」花花公子被打得眼花繚亂。

「沒辦法，我戴的是老花眼鏡。」

一位老婆婆走過來，把他踢了個屁股開花。

「你……你跟花又沒關係，幹麼踢我？」

「誰說沒關係？」老婆婆瞪了他一眼：「我是花腔女高音。」

哇，待在戶外太可怕了！花花公子趕緊逃回家，爬上牀。

這下應該沒事了吧？

錯！天花板忽然掉下來，砸得他哇哇叫，小白臉一下變成了大花臉。

「天啊，這是甚麼世界？」

他才說完，世界就立刻現身，賞了他一巴掌。

「怎麼連你也打我？」花花公子嚇傻了。

「沒辦法，」世界聳聳肩：「誰教我是『花花世界』！」

「嗚……」花花公子放聲大哭，哭了好久好久好久。

終於，他低下頭，誠心誠意的說：「我錯了，我以後再也不敢花心啦！」

「耶！」全世界的花都開心的幫他拍拍手。

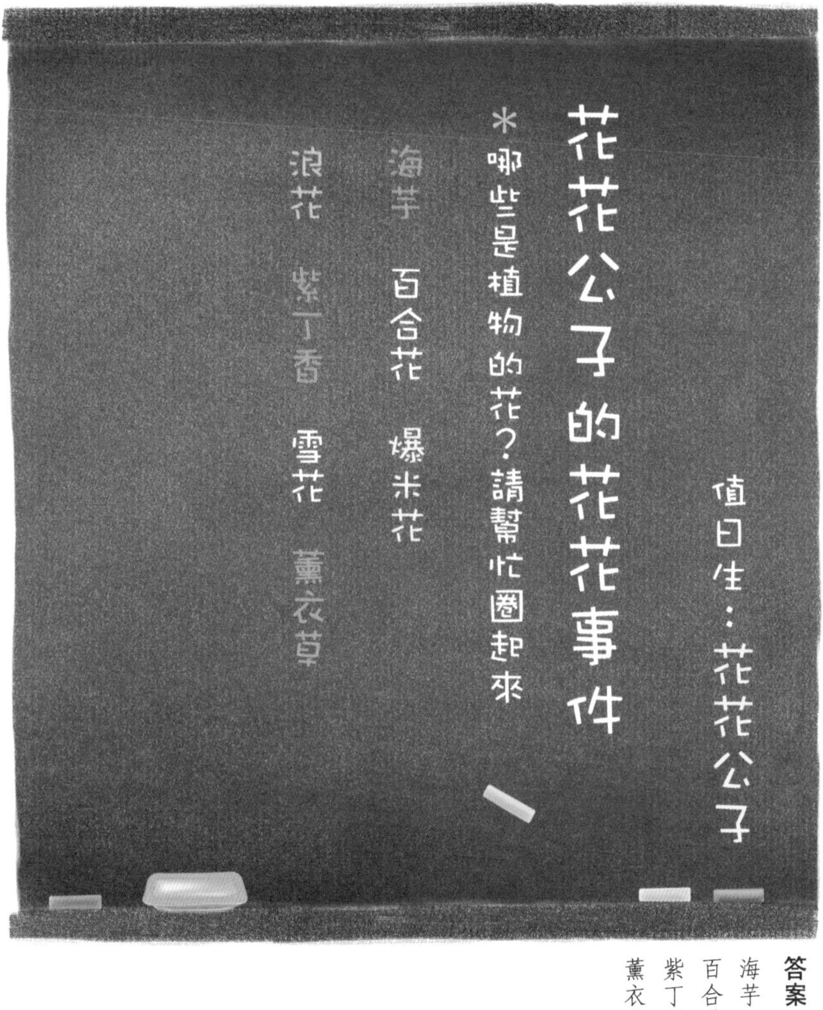

答案：海芋、百合花、紫丁香、薰衣草

植物的來源與名稱

誰是外來植物？

（PiPi繪）

天空上，西方區，天堂部，

編號第○○一號的辦公室，一大早就鬧轟轟。

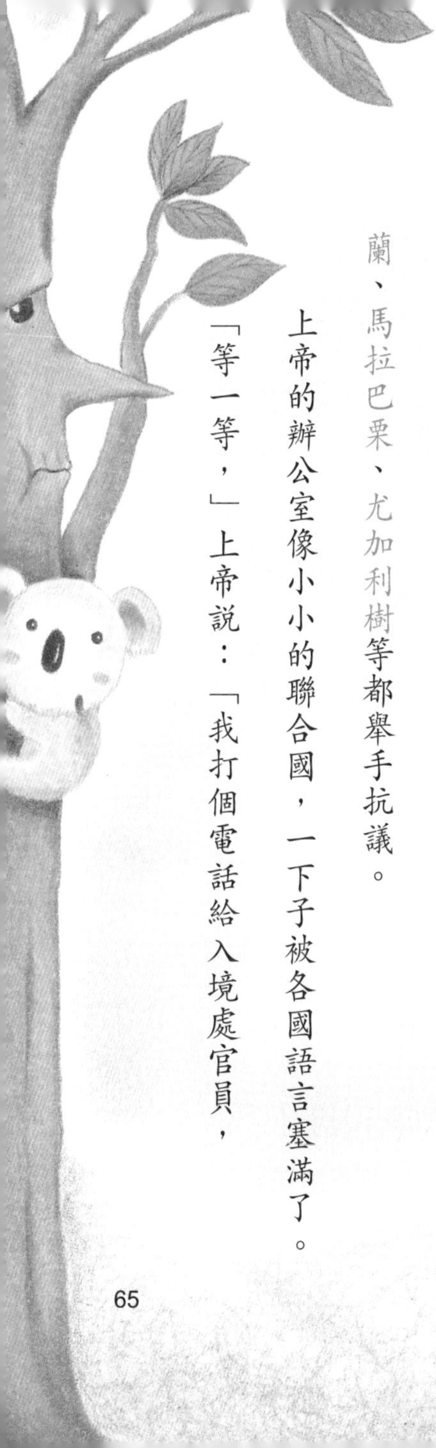

一羣植物擠在上帝的辦公桌前抗議。

「我在香港住了好久，卻拿不到香港的身份證。」波斯菊用波斯話說。

「我也是！」非洲菊用非洲話說。

「我也是！」印度紫檀說着印度話。

「我也是！」昭和草說着日本話。

「不公平！」「不公平！」……西洋梨、非洲紫羅蘭、馬拉巴栗、尤加利樹等都舉手抗議。

上帝的辦公室像小小的聯合國，一下子被各國語言塞滿了。

「等一等，」上帝說：「我打個電話給入境處官員，

請他處理。」

上帝拿起手機，撥通電話。沒一會兒，手機螢幕上就出現了一個人影，入境處的最高主管——土地公。

上帝把視訊手機放大，好讓大家都能看清楚，聽明白。

「土地公，這些植物都在香港住了好一陣子，他們想當香港的公民。可以嗎？」

「他們是外來植物，名額有限。」土地公有些為難：

「這是我爺爺的爺爺的爺爺的爺爺定下來的規矩。」

「種族歧視！」非洲欖仁樹用非洲話說。

「歧視外勞！」從澳洲來的白千層大聲抗議。

「不然這樣吧，」土地公可不想讓別人覺得自己不民主。

「你們說說看，只要有一個好理由，我就考慮。」

「我們胡字輩的最早到，是第一代移民！」胡椒說：「你們的老祖宗早就把我們當成老朋友、好朋友了！」胡瓜、胡桃紛紛點頭。

「我們番字輩的也是老資格！」番薯說：「我在香港很受歡迎，

很多人愛吃烤番薯。」

「對！」番石榴說：「我一到香港，人人都愛吃。」

番茄說：「我不但有營養，還帶來一句西洋俗語——番茄紅了，醫生臉就綠了！」

「還有我！」茉莉花說：「我最受歡迎了，人們最愛喝『茉莉花茶』！」

「家庭主婦做菜少不了我！」洋葱說。

「我們是漂亮的行道樹，公園、學校也喜歡我們。」洋紫荊和菩提樹說。

康乃馨說：「母親節一到，我們是媽媽最愛的花朵！」

聖誕紅說：「我們還帶來了西方的『花語』，我代表——祝福；送朋友一盆聖誕紅就代表祝福你！」番紅花跟着說：「我代表——等待你。」

天竺葵說：「我代表——決心。」……

「嗯，你們都很有貢獻……」土地公有些猶豫：「可是，名額限制是我爺爺的爺爺的爺爺的……」

「規矩是人定的嘛。」上帝眨眨眼睛。

「對嘛！」每棵植物都說：

「我們到的時間不一樣，但是我們都愛香港！」

「真的？呃……」土地公想了想，用力點點頭。

「好！不管是先來還是後到，只要愛這片

土地，大家都是一家人。以後，大家都是香港的永久公民！」

「萬歲！萬歲！耶！」

「哦，對了！」土地公辦好移民手續，微笑着說：「以後你們碰到問題，可以直接去東方區找玉皇大帝，不必再找上帝告洋狀了喔！」

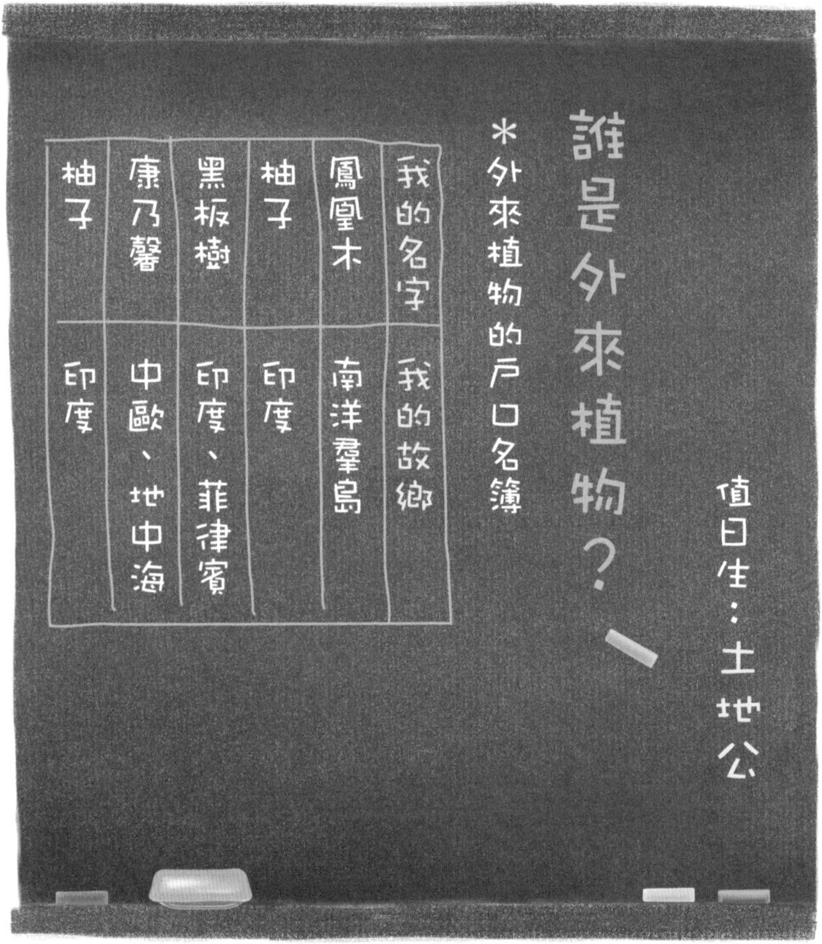
誰是外來植物？
值日生：土地公
*外來植物的戶口名簿
我的名字 我的故鄉
鳳凰木 南洋群島
柚子 印度
黑板樹 印度、菲律賓
康乃馨 中歐、地中海
柚子 印度

推薦文

閱讀和文字，文字和閱讀

兒童文學專家　林良

關心兒童閱讀，是關心兒童的「文字閱讀」。

培養兒童的閱讀能力，是培養兒童「閱讀文字」的能力。

希望兒童養成主動閱讀的習慣，是希望兒童養成主動「閱讀文字」的習慣。

希望兒童透過閱讀接受文學的薰陶，是希望兒童透過「文字閱讀」接受文學的薰陶。

閱讀和文字，文字和閱讀，是連在一起的。

這套書，代表鼓勵兒童的一種新思考。編者以童話故事，以插畫，以「類聚」的手法，吸引兒童去親近文字，了解文字，喜歡文字；並且邀請兒童文學作家撰稿，邀請畫家繪製插畫，邀請學者專家寫導讀，邀請教學經驗豐富的小學教師製作習題。這種重視趣味的精神以及認真的態度，等於是為兒童的文字學習撤走了「苦讀」的獨木橋，建造了另一座開闊平坦的大橋。

導讀

文字植物園

江艾謙 老師

植物不會說話、沒有表情，只是在大自然中悄悄的成長，它沒有動物跑、跳、飛、爬的豐富姿態，也少了競相爭鳴的聒噪聲音，在自然界生物中，似乎永遠是被動的角色——隨風搖曳、因砍伐而逝去。這本書有趣的地方，就在於對話角色幾乎都是由花、草、樹、水果所扮演，他們詼諧逗趣的言談，似乎在「中國文字」中找到了生命力，饒富趣味的謎語也好、名號被盜用的慣用語也行，甚或隱藏於地名中的玄機，這些都讓植物活了起來。本書引發孩子產生對植物的興趣後，或許父母還可以陪着孩子，帶着植物圖鑑，穿梭在住家附近的巷道、徘徊於社區裏的生態公園，或走進充滿奧祕的大自然，一探究竟。

一、找出植物的特性，發現植物名隱藏在詞語中的含意

植物會因外觀或生長特質，讓一般人產生某些印象。比如

「花」給人的形象是美麗的、色彩豐富的、亂的，因此孩子可以想像在「花花公子的花花事件」故事中，花樣年華、哭花了臉、花天酒地的意思。當然有許多慣用語，例如雪花、花燈、十八姑娘一枝花等，透過故事主角花花公子遭受一連串懲罰的經過，孩子也能順口道出跟花有關的名詞。同樣道理，在「植物要搬家」的故事裏，藉由植物的控訴與倉頡的善意辯解，孩子在角色的交互對話中，經由上下文閱讀理解，自然而然了解植物成語的意思。

二、玩味母語中的諺語

「俗語」就是民間流傳的共同語言，透過俗語可以了解我們的文化，它也代表着我們共同的價值觀。「小浮萍和世界爺」故事中的俗語，都隱藏在順口溜的對白裏。既然是俗語，可見其中出現的植物，一定是平民老百姓生活中常見的（例如：菜瓜、薑、葫蘆、麻），在父母及老師的引導閱讀下，還能隱約體會前人的生活。當然在故事結尾，原本不被看好的小浮萍，最後卻克服萬難，和世界爺一起吹晚風、看夕陽。想想看，不同族羣的和平共處，不也正是追求這樣的態度嗎？

三、練習植物的猜謎

中國人自古便愛玩「猜謎」遊戲，由元宵節猜燈謎活動的熱烈反應，便可知中國方塊字的魅力。只可惜，近年來燈謎會場上的盛況已不如從前，不知是社會的多元化分散了對燈謎的注意力，或是反映出對字形字義的不善於解讀。在「沙漠裏的春天」故事中，可以歸結出猜植物謎語的幾個思考方向：一、由植物外觀特性猜。二、由謎題正面字詞義（或反面字詞義）聯想。三、取諧音。四、由植物名的字形猜。孩子想像力豐富，猜謎可以做為茶餘飯後很好的親子遊戲。

四、讓植物在本土安身立命

某些特定名詞——例如月份名和地名，大多有其發展由來。農曆的每個月份皆有不同名字，它與中國農業有很大的關係，農曆二到九月都是以植物來表示（二月是杏月，三月是桃月……八月是桂月，九月是菊月）；此外，植物也悄悄溜進香港地方名裏。在「福爾摩斯新探案」故事中，警察卓布道（普通話讀音是「捉不到」）因為透

過種種植物線索而成功破案，所以改名為卓得道（普通話讀音是「捉得到」）。喜歡偵探小說的孩子，一定會對這篇故事充滿興趣。另外「誰是外來植物」故事中，透過西方之神上帝，與入境處官員土地公的越洋連線，關懷這羣名字中有「胡、番、洋」字眼的外來品種，讓他們實實在在的在香港落地生根，這樣的精神，正是目前香港面對「新移民」人口應有的尊重與接納。

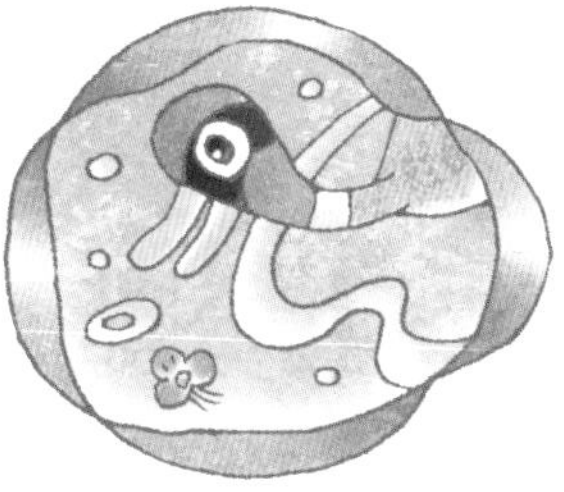

五、歡迎……植物演員出場！

怎樣讓植物擬人化呢？在「植物桃花源」這個故事裏，每種植物都以千姿百態的方式出場，而他們的名字和動作有很深的關係喔！

「迎客」松——走　「雀」榕——飛　「觀音」石——雙手合十

「鳳凰」木——飛　「人」參——站　「太陽」花——眨眼睛

很有趣吧！老師可以邀請孩子們扮演這些角色，讓他們練習以符合身份的姿態踏進教室舞台。

書　　名：福爾摩斯新探案
編　　著：林世仁
繪　　圖：卓昆峯　Mr. B　PiPi
封面繪圖：Mr. B
封面設計：郭惠芳
責任編輯：黃家麗
出　　版：商務印書館（香港）有限公司
香港筲箕灣耀興道三號東滙廣場八樓
http://www.commercialpress.com.hk
發　　行：香港聯合書刊物流有限公司
香港新界大埔汀麗路三十六號中華商務印刷大廈三字樓
印　　刷：中華商務彩色印刷有限公司
香港新界大埔汀麗路三十六號中華商務印刷大廈
版　　次：二零零六年十一月第二次印刷

ISBN 13 - 978 962 07 1787 1
10 - 962 07 1787 2
Printed in Hong Kong